魔法の液体

山口洋子
yamaguchi yoko

思潮社

魔法の液体

山口洋子

思潮社

目次

Ⅰ　列列椿

II　絵はがき

III　迷迭香

装幀＝思潮社装幀室

魔法の液体

I

列列椿

啓蟄

ぶどう畑は休眠中であるのだから
もちろんこがねむしはお休み中
もちろんアンダルシーアのかすたねっとのひびきはない
そおっとそおっと
ね　あのぼうし
まがった杭にずうっと待たされたまま
浮かれようかしら
風がさそったのではない
むこうの空で
ひばりが鳴いた

たしかに聞く
陽だまりに
かくされた巣
しゃがんではいけない
のぞき込んではいけない
ほら　水面
映さないで
わたしはしずかに
そしてしずかに
いるかのようなまばたきを五秒ごとにくりかえし

ふくらすずめ

言ってしまえば
どれみふぁそ
はだかの木に
電線に
寒い
がいる
きのうの青ぞら
いるか雲はもう引っかかってはいない
わたしの所有でも子飼いでもありません
縁もゆかりもない
あの埜のあたり

啓蟄にあたいする詩集

倉橋健一

山口洋子さんには今回のこの詩集に先立って、一九八九年に刊行された『ツクツクボウシが鳴く』という、ちょっとしたモダニズム風の一冊がある。それ以来だから、実に二十四年ぶりの詩集になる。この間詩を書いてこなかったのではなく、寡作ではあるが黙々と書き続けていたのだから、それだけに、二十四年はさすがに長かったね、という気がしないわけでもない。

　と、そんなことを思っていると、前詩集には末尾にあとがきが添えられていたが、そこではふつう書かれるはずの、発行にいたるまでの私的事情についてはいっさいふれられず、もっぱら当時神戸にあった「市民の学校」の、講座生になってはじめてまみえることになった山之口貘の詩にたいする印象ばかりが語られていたことが、ふいに思い出された。これだけでもこの詩人のポリシィを知る手がかりになるが、その印象の自分流の惹きつけかたが面白い。

「鼻のある結論」という初期詩篇では、〈文明のどこにも人間はばたついてゐて〉という一行を引いて、「私も、ばたついている」と共感している。浮浪の生活までしたのに、なぜ悔恨で終わってしまう詩が一篇もないのだろうかといぶかり、ここから、「詩という表現においては詩はすでに虚構なのだろうか。あるいは作者自身の資質に依拠する虚構性なのだろうか」と、するどく、表現的現実と現実との乖離に着目し、詩の骨法に達している。さらには、「ぼすとんばっぐ」という後期のミミコ詩篇のひとつも引いている。〈ぼすとんばっぐを　ぶらさげているので／ミミコはふしぎな顔をしていたが／いつものように／手を振った／いってらっしゃいと〉とあって、〈まもなく質屋の／門をくぐったのだ〉で閉じるのだが、ここからは後期になって多くなった、最後の行の結びののだに注目、「のだで結ばれると、なぜか作品が、カラッとする。明るくなる。貘さんがいとおしくなる」と結論する。

　こうなってくると一面ではもう、山口さん独自の深情けにもなってしまうのだが、そのぶん、彼女の詩意識の高まりがよく見えて、貘から受ける衝撃《インパクト》も、生き方そのものよりも方法的なものであったことに気づかされて、興味深い。その作品的結実が、二十四年ぶりになったこの詩集で実現されることになった。逆に、そのために二十四年が必要だったということだ。

　つぎは「鴉」の最後の連である。

唖唖　烏平　鳴呼
文字が鳴く

ア行で生きているきみがひどく偉く思え
カアだと思っているのはわたしだけなのか
きみはそのうちにニャアと話しかけてきたりして
人語《ひとご》のひとつ創れない
越すに越せない
鴉よ
アッアッア
せっつくのはやめろ
やっぱり
脇目も振らず　カアッと
カアッと

いうまでもなく、鴉とは直接ことばが通じない。目に見えるかぎりこの野性の鳥は、際限なく人間に近づきながら、けっして心を赦さない。だが詩人の心のうちにも鴉が住んでいて、そこではほん気に通じたがっているかもしれない。〈ぬるり濡れ羽色の／芯のみえない／わたしは鴉になる　―――／のは　いやだ〉という前の連に引いた詩はつながっている。と、こんなふうに読んでいけば、冒頭の「啓蟄」から読みすすめて、これらの詩篇がみな、自然との一体感への渇望によって成り立っていることに気づかされよう。身近かでささやかな自然、植物や生きものたちとの、生の充実を目指すための交歓可能への試みだ。「列列椿」の列列椿とは、ふつうはたくさん並んでいる椿の花のことだが、ここでは読んでいくと、擬人化されたわたしは、そのうちのたったひとつにちがいないと思われてくる。展開があってかげ絵のように幻視化されてくると、ぜんたいがあいまい色に染まり、ついにはそこが下意識の視界であることに気づかされる。でも夢の記述ではない。そこでよく乾いた上質の情念世界になる。「鷺」「あまがえる」「葱坊主」に「川おと」など、みな現実から掬い取られた幻視の世界である。「川おと」の、

きみは体に川を飼っている
と　もっぱらのうわさ
川は流れつづけて
南へ流れて
南のさきで海につづいて
だからきみのこころは綺麗さっぱりからっぽだ
というのはうそだろう

と、きっぱりひっくり返すあたりは貘流の、意識してちがった道へ出る方法が、意識されているといってよ

いかもしれない。

と、いろいろ書いてきたが、山口洋子さんが山之口貘の世界からまなんだことのひとつに、一篇の作品に存分に手間ひまかけるということがあった。同時にたえず身体的なことから詩想を練るということで、それが山口さんの資質である変容《メタモルフォーゼ》につながった。

神戸に住んでいて大震災に遭遇ダメージを受けた。「市民の学校」に通い出したのはその前、四十代に入ったばかりの八二年。主婦として母親としてようやく自分の時間がもてるときがきたといってよかった。その点で、第一詩集に、あとがきにある詩意識と作品とのあいだに齟齬があったとしてもやむをえない。それが結果的に災い転じて福となすとなって、震災によって、生まれ故郷にもよく似た兵庫県中南部の地方都市に引っ越すことになって、まさに天然の資質と合致する作品が書けるようになった。彼女の住む加東市東条町といえば、山地が多い良質の酒造米の産地で知られるところ。そこに生息するすべての精霊たちが、すすんで山口さんの詩的心域に貢献することになった。

読んでいて、賢治に似た自然との交歓風景もあるが賢治型ではない。あえていえば、「菊の露。薄ごろも。夕空。きぬた。浮寝。きぎす。どれでもない。風流人の浦島にも、何だか見当のつかぬ可憐な、たよりない、けれども陸上では聞く事の出来ぬ気高い凄しさが、その底に流れている」という太宰治の『浦島さん』で展開される竜宮体験であろう。

むろん、それがそのまま、この地方の自然に化身するというつもりはない。どこまでも山口さんの詩意識がもたらす内部の世界なのだが、ただ私はそこに、山口さんが体験した大震災の惨禍を、抜きにしてはならないと思う。その惨禍を切り抜けたればこそ、自然との和解をテーゼ化した、この一瞬の静物画の世界も創出しえたのだ。この一点で、この詩集もまた、獰猛な自然災害の痛手から、ささやかな安らぎの日常性を恢復するにいたるまでの、まぎれもなく震災のもたらした一冊といいうる。魔法の液体ならぬ、この詩人にとっての啓蟄にあたいする詩集といっていいだろう。手法的にもさまざまな工夫の施された、静謐だが緊迫感あふるる抒情詩集だ。

さらなる期待をこめて世に送りたい。

二〇一二年雪月《ニヴォーズ》

じわり凍て
じわり溶ける
朝になるとやってくる
羽ふくらませ
そんなにまんまる
着膨れて
ひまわりのたね
置く
はだか木ははだかの木ではありません
博打の木

クリアクリア
全クリア

ろうばい一つ
ひらく

列列椿《つらつらつばき》

月がさしていた　どうしようもなく真っ逆さま　明日にはきっと美しく咲けたのに　どうして落ちなければいけなかったのか　落ちるのがどうしてわたしであったのか　蕚を上に逆とんぶりのまま　わたし花瓶の脇でふてくされている　逆さからかいま見える誇らしげな列列椿《つらつらつばき》　月はいっそう青く　壁に留められた黒いサンチョ・パンサのかげ絵　あぶりだされつらつら考える　ここにこう有ってほしいと　わたしはだれかにたのまれただろうか　青白く染まる黒いかげ絵をひとりわたしは逆さに眺めすぎている　ラ・マンチャのここちよい風の　風にまわされまわされうかれうかれ　白い風車　ドゥ

ルシネーアがいて　わたしはなおも飛び　オレンジの赫赫た
わわな黄いろな実のもとに　ああアンダルシーアここにいる
春みたい夢みたいほんとうかしらうずくまる夜があけるほら
消える　わたしやっぱり逆とんぶり　もうすこし横むきにも
うすこし花らしくもうすこししおらしくやわらかくもうすこ
しもうすこしもうすこし…（魔法の液体）落ちることはでき
なかったのかと（そそぎながら）あのひと　つっかえたかっ
こうのわたしを見てしんそこ残念がってくれる　が眼はもう
わたしにはない　含み笑いなどして満足そうに離れる　そお
っとよこに傾げてくれてもよさそうなものを　知らんぷりで

火焔

わたしは炎　もっともっともっと　威勢よくもっと　燃え上がりたい　だからわたしはうまく風を取り込んであたりを舐めながら左に右に様子を窺っている　山と積まれた枯れ木や干し草　いますぐきれいさっぱり空にしたいとこの家の嫁っこ　せっせとわたしに投げ込んでくる　せっせと燃やしてくれる　小豆色のぼうしの下　わたしに煽られ耳も頬も瞳も真っ赤い　天女になったか　おや一月に季節はずれのはるの匂いふわっと　長けたわらびの柄がまじっているね　カラカラ燃える　炎が上がる高く高く　るんるんのわたしめがけ　伐

ったばかりのタラの木ほうり投げてくる　あっ痛い　それは無理だよ　火の粉飛び散りもうもうとけむり立つ　ほらごらんすごいけむり　タラの生木は燃えもしないでわたしを押さえ込みしゅうしゅう声上げあわ噴き　風風もっと強い風はこないかな　天女むせ　ああ嫁叩きと言ったかねえ　タラの棘はとびっきり鋭く痛いのだから　わたしまだ燃えている　さあタラも燃えたし　そのぼうしちょっと拝借ちょっと宙まで

朱色のちゅーりっぷ

わんと言いましょうか？　え、――

この部屋の貴婦人　黄色な雨粒が斜めに降りしきる気に入りの花瓶に活ける　星咲きという形　先がひどく尖って硝子越しの太陽にいっそう凛としている　雨ではなく冬晴れの　きょうは暖かなのかさとうさんとハスキーくんが歩いているなかよく近づいてくる　あっち見こっち見　〈ぽかぽかだね〉〈うん〉　うんはもちろんわんである　そんな会話が手に取るばかり　割り込むすきはない　ぼくは彼女のナイトなんだぜ　ぴーんと四体を伸ばし蒼い目　するどい一瞥を投げてくる　見るなと怒っている　身を乗り出し謝ろうとして　いない　ハスキーくんがいないさとうさんがいない　二階の真

下もの欲しさに頸を反らせ見上げている　だれ！　窓を閉めカーテンを引き　部屋はちょうどいい温度で　わたしはのぼせてはいない　ネーブルオレンジなら台所にあるわ　きのう買ってきたばかり　そっくりある　みんなあげる　ぴくぴくあたまの片隅が言うおまえはまるで保吉をしているではないかと　もう片隅がぴくぴく言う　何でもない何でもない　落ち着かなくては　カーテンの襞からいまいちど　わたしはわたしが犬のように腹を震わせながら四つんばいで踏ん張っているのは何かの間違いだと思いながら　そこにいる犬であるわたしを身震いをするような期待をこめて覗く　だれもいない窓下の　見慣れた風景　朱色の貴婦人は変わりなくわたしの後ろにあり　もしあの窓下に見知らぬわたしがいたとしてわたしはわんと言うのかしら　わんわんと二度言うのかしらもの欲しげに

「わんと言え。わんと言わんか！」　声がする

＊「保吉の手帳から」芥川龍之介

ひまわり

なんだか顔の奥が重い
だんだんうなだれて行く
わたしの凋落はとても素直にはじまる
すごしやすくなった
ひとはそんなことばを交わし
ほんの少しまえ
いくどもカメラを向けられ
飛びっ切りのスマイルで応え
パラソルの女性たちや黄色いこえではしゃぐこどもたちを

それはよいきもちで
ぐっと高いところから眺めては
自信に満ちあふれていた
そう　わたしはサンフラワー
太陽が大好き
夏が大好き
だが
わたしの凋落はとても素直にすすむ
すっかりうなだれ立ち枯れる
縮れた葉は震えはしない
わたしの顔で遊んだチョウはもう来ない　あんなに
わたしをつついたスズメはもうむこう
黄金の波に楽しんでいる
わたしは棒
褐色の棒
やがて

集められ
束ねられ
燃やされ
土に還る
わたしの凋落はとても素直におわる
海でもなく空でもない

〔　　　　〕

あの　シーレの絵の中に
おまえは戻るべきだと
眼
眼
眼
に　包囲されている
と　感じながら

わたしを見詰めているあの人
は　深く思っている

スノードロップ

茶毒蛾は死んだかしら茶毒蛾の幼虫はいなくなったのかしら　いっぽんの木が庭にたくさんの葉をふらす道路にもふる　あの木にこんなにあったのか　落ち葉落ち葉ふり　こはる日和にうらをむきおもてをむき赤や朱や黄色が積もり　さざなみを立て　小鳥がちょこんと乗っては逃げてゆく　子どもがけとばしたりすくってほうりあげる　しゃらしゃら遊んでいるあいだに冬は来て　わたしはすっかり

忘れていた　きょうじゅうにこの衰弱した球
根を植えなければならない　ああまた季節に
乗り遅れてしまう　すきっと　茎の先でうつ
むきかげんの春のはじめのいちばん　すこし
も未来なんかをむいていない　ぽとんと咲く
白いちいさなはな　怒っていますか悲しんで
いますかあきらめていますか　このはなが好
き　土やわらかなあなたのうえをとなりのま
ろん横切り　もうひらひらするひと葉もない

鴉

松のみどりの二番目の枝
もどってきて止まる
気に入り場所
パンの森がみえるのだろう
愛しい彼女がみえるのだろう
せわしく縄張りを告げてもみせる
アッアッア
きみの木の下
背中の耳でカ行のない鳴き声を聞きながら

なぜかきみをオスだときめ
草をぬき小石をひろい畝をつくる
鴉はカアではないか
逃げない鴉
わたしの身体の内側には
いつのまにか出来てしまって消えない
金属光りした黒色の
きみの嘴や羽がぴったりはまりこめる鋳型がある
アッアッア
気を引かせる
わたしは振りむかない
曖昧ないい顔はみせない
見上げればまっすぐに飛び込んでくるだろう
ぬるり濡れ羽色の
芯のみえない
わたしは　鴉になる

のは
いやだ

唖唖　烏乎　嗚呼
文字が鳴く
ア行で生きているきみがひどく偉く思え
カアだと思っているのはわたしだけなのか
きみはそのうちニャアと話しかけてきたりして
人語《ひとご》のひとつ創れない
越すに越せない
鴉よ
アッアッア
せっつくのはやめろ
やっぱり

脇目も振らず　カアッと
カアッと

昼下り

銀色に葉
反転し回転し
あそこには
風
さわ
さわさわ
の
音
ここまでは聞こえてこない
そよぐ
大きな木の下

麦わら帽子
似合って
視線届いたわけでもないのに
芝刈り機の音一段上がる
きつい日差し
モナリザの微笑は耐えられるか
子安の木の葉上
カマキリがぎゅっ　と
チョウの貌をはさんでいる
ああ　虫の息
悲鳴
透明
これは絵だ
すらり
伸ばす緑のタキシード
なめらかに

棘
生える
棒きれ拾う
離そうとする
鱗粉が着く
カマキリ鎌振って下肢ばたつかせ
がむしゃら撥ね除け
離してやったのに
緩慢なチョウ
もうあの空にもどれない
そろりまた
寄ってくる美しい若いカマキリ

風
無し

II　絵はがき

鷺

うそぶいて
さくら
ついばむ
あれがわたしであったとして
右のポケットから
とろける時計は流れ出し
飛んでいく
さらさらと
つっかえながら
夜はゆめ

ながれない
ながい山道をくだる
鷽《うそ》鳴く
くちぶえ
みんなが其処を見上げている
サグラダ・ファミリアの高い塔の先
生誕のファサードの下
海がめ陸がめ
の
ギョロリ
睨む
石の目
寂々《せきせき》

あまがえる

昼下り
モンシロチョウが満開だわ
見まちがえる空豆のはな
の下葉に
ちょこんと
逃げない
鳴かない
緑色の置物
おまえの視線
じっと

忍耐
というのとは違う
ひどく心地よさそうなので
安穏は壊される
鋏を入れる
枝が揺れる
おまえが揺れる
四肢の吸盤ごと揺れて
落ちない
おどろくのは
おまえ
いや
わたしであった
来た　やって来たのだよ
ベクレル
ことしの梅雨は

ケッケッケッケではなく
ゼロゼロゼロゼロ　京《ケイ》と
鳴くのかしら
ね

葱坊主

真っすぐなひなたのよう
な　若いきみら
たべるよる
きみらやってくる
二列にならんで
きみら歩く
ベッドのまわりで足ぶみ
足ぶみしては右へ曲がって
飛んでいく
葱坊主

飛ぶ
ああ　きみら鳥
知らなかったのかと
葱のよう
な　がらん
と　声
匂う
萌黄色のぼうし
この手でたしかに
ぺきぺき折り
捨て
あの折り口の
ゼリー
とろーん
と　濃厚に流れて
裸のマハ

白いヌードは
腰高に
ヒデさんの教えてくれたやりかた
仮植
したのだったが

ぶらんこ

あけびの実が
裂けた口で
いくつも
わらっているの
黒い種子をのぞかせ
風にふかれて
こんがらがって
暗い夜にもあのまま
裂けた口で
眠るのか

手を伸ばす
届かない
つま先立ちする
届かない
揺する
引っ張る
やっぱり
わらっているの
小石を投げる
当たらない
わたしは
空に
ぶらんぶらん

川おと

きみは体に川を飼っている
と　もっぱらのうわさ
川は流れつづけて
南へ流れて
南のさきで海につづいて
だからきみのこころは綺麗さっぱりからっぽだ
というのはうそだろう
その川は大きくて広くて
とうとうとして
牛の太郎が

浅瀬で
きみに
背中をあらってもらい
太郎は不覚にも
ほーほーけきょけよって鳴いたんだってね
ほんとかなあ
そういえば
夏には鮎がおどりはねるんだって
わたしは
川おとをゆっくり噛んでみる
渡し舟の匂いがする
石をドボーンと投げたら
飛沫が返ってきた
西へ流れる川に沿って
走るバスから見える
この川は小さい

絵はがき

木のてっぺん
鼻上げて　前足上げて
窓からそれは象の形に見え
ナンキンハゼは冬じゅう曲芸する

さとうさんはこの木をナンキンハギと呼んでいた取り立てて
言うほどのことではないと思いでもどうしてもナンキンハゼ
だと知ってほしいと思い言えないまま海の見えるタワーマン
ションに移っていった　さとうさん家の白い大きな犬ハイカ
ラな二度ほど名前を教えてもらったのに覚えられない覚えな

いシベリアンハスキーだからハスキーくんまるっきりナンキ
ンハギに違わない　どういうわけだかハスキーくんはこの木
をお気に入り散歩の途中にはいつもさとうさんを連れてくる

寒い日
アルハンブラ宮殿のパティオの絵はがき
届く　端っこ
〈クラウディア〉が亡くなったの
と
ああ　ハスキーくんはクラウディアと言ったのだ
幾つだったのかしら
ネロは早死
ジャックは八年
ジョンはまだ長生きしている
噴泉を支える絵葉書のライオンたち
の　なんとぷっくり

それで何年
きみらライオン

幹ばかり
裸のナンキンハゼは相変わらず曲芸
踊らなくてもいいんだよ
トレモロは窓ガラスを震わせはしない

季

こぢんまり
季《とき》というおいしい珈琲を飲ませてくれる店がある
店主は偏屈で愛想無し　そこを好く客がいて流行る

ある日
菜の花と穂の出かかった麦が活けてあり
ツンとすました穂は店主に相応
春の季
青と黄いろが清々しく

カウンターに赤いカフスボタンのひと
この花わたしにはまったくの毎日の景色であるのだけれど
と　言ったら店主どんな顔をするかしら
うしろ姿をながめていたら
花茎のあいだ
だれか小声
珈琲の香りにひといきしているの
紅紫いろのほとけのざである
白い小花のなずなとみみなぐさもいて
なぜかきみら話ができる
きのう　せっせと畝から引っこ抜かれ積み上げられ
萎れた小山から
ぴん　として先回りをしてそこにいる
だれときたの
どうやってきたの
珈琲が出来てきて

砂糖はいらないとして
ミルクはいらないとして
きみらの居場所はやっぱり違う
ねえここではない　ここではないよ
話しかけようとして
さっきまで花茎にあった
ほとけのざとなずなとみみなぐさが消えている
カフスボタンがいない
菜の花と穂の出かかった麦
いっそうツンと
店にかすかに青っぽい匂い

駅の南
二筋目の路地
よければあなた
おいしい珈琲を飲みに

足をはこんでみられませんか
菜の花も穂の出かかった麦の季節も終わりました
テーブルの花はきっと薔薇か百合でしょう
あるいはその店もう影形無いかも知れません
なんといっても季なのですから
ほら吹きおんなの戯けごと
畑できょうもきみらは
抜かれている

かっぱ

あんずの木の下

池に　ふとったかっぱが空を仰いで浮かんでいる　骨と皮ばかり龍之介さんのやせすぎたかっぱの面影はない　朝ぶろ昼ぶろ夕ぶろ夜ぶろ浸かったまま　隙だらけ　水虎の呼び名が笑わせる　おなかの上の両の手は所在なく　ときに　熟れたあんずの実が落ちるのを待っているのだろうか　静寂　「あ」と言ってみよ　「う」と言ってみよ　どこ吹く風　のかっぱ

大きな声

こらあっ　かっぱに引き込まれるぞ！　お昼をたべるや否や大川に泳ぎにとんで行く子どもらの手をわしづかみ　どれどれ　と口のあ

たりのにおいを犬みたいに嗅ぎ　きゅうりをたべたな　道に立ちは
だかるとしよりたちは　かっぱよりよほど怖い　きものの上前に袖
を落とし　帯に差し込んだふしぎな姿のおためばあさんもいる　冗
談とも本気ともわからない

どの道を走ったときだろう

小雨がぱらついていた　道路沿いに池があり　座っているのや立っ
ているのや　かろうじてひとらしい三四人の姿がけぶってあり　魚
でも釣っているのだろう　進んでいくと　ちょうど一服できそうな
山と道路と池に沿った細長い公園があり石の腰かけがある　気にも
とめずに見るともなく見ながら進み　真横　それはうす緑いろのそ
ろいもそろって前かがみ気味

かっぱかわっぱかわたろう

車は一瞬に通り過ぎ振り返り振り返りしてももう見えなかった　あ
のとしよりたちの大声　こらあっ　降る

天

ドでなくレでなくふぁっ　いきなりにだ
ぼくは寝入り端を叩き起こされ住み処を壊され聳える長靴の
傍で　だがまだ呆けている　鍬の先　一ミリ手前なら危なか
った　白いとも灰色とも決め兼ねない目付きで抓み上げ捨て
ようとして妙にふにゃふにゃしたものだから　ぼくだと気づ
くのに二秒　なにもそんなにびっくりして抛り投げなくても

それにしても
ぽつねんと
いっぴき

の　あいそなし
おかみさんとかかのじょとかにいさんとかいもうと
は　いっしょじゃないの
あきのおわりの
ひゆ
あたらしいすみか
ぼくは
みるでもなく
うすぼんやりに
あおいそら
ながぐつ
かれくさのぺんぺん
いぬ　とおぼえ
うすぼんやりに
うすぼんやり
さめたり

ねむったり
おもいながら
ゆるく
てあし
たたむ

クズの花びら

邪魔だとまろんが嫌がっている
地を這い覆いつくす旺盛なるもの
あの手
スルスルスルスル
伸ばしてくる
電柱を上る
電柱の支線をよじ上る
こちらへ
今夜はきっとぼくをぐるぐる巻きにしようと

スルスルスルスルスルスルスル
スルスルスルスルスルスルスル

怖いよー
おとうさんが言いました
刈ってしまおう
すっかり刈ってくれました
地面に紅紫の花びらがたくさんおちました
花びらは綺麗でなんだかかわいそうになりました
まろんはすいすい横切っていく

いつのまにかまた
旺盛なるもの
あの手
這い

覆い
電柱を上る
電柱の支線をよじ上る
こちらへ
こんどこそきっとぼくはぐるぐる巻き
捕えられる

怖いよー
おとうさんは言いました
掘ってしまおう
ぼくより大きなショベルとツルハシ
根っこはとても頑丈でおもいもかけないところにまで延び
なかなか遊んでくれるじゃないか
おとうさんの悲鳴
肌色の毛むくじゃら
はじめて見る太い根っこ

ぼくのうでみたい
ぼくのあしみたい
かんかん照り
熱いよ
熱いよ
声もあげずに叫んでいる
とても無慈悲なひざしだとぼくはおもいました
おとうさんは言いました
さあすっきりしたね　ぼうや

ぼくはなんだか悲しくなりました
ぼくはじっさい捕まえられたわけではない
あの旺盛なるものはもう上ってはこない
紅紫のあの花びらはもう零れてこない
ぼくはおもう
今夜は

クズの葉っぱのお家がなくなって
クツワムシのおとうさんは
困ってしまう
と

Ⅲ　迷迭香

足あと

それは白い犬であった
塩湖の端っこ
まえ足に顔をあずけ
吠えもしない
ねそべって
眼を細め
夢み夢み
ときおり瞼をあけたりとじたり
平然とひとを食う
犬の記憶《しるし》

目じりの
鋭い視線は離さない
ギラギラの
キラキラの
まぶしい日ざしのララバイ
いいなあ
凝固した塩の平地に
ぎゅぎゅっ　と
足あと
てんてん
白いということは
真っさらの始まりの
コワシタクナル
ケガシタクナル
わたし
犬

こいのぼり

かぜがぴたりと止まるときがある
そんなとき
手持ちぶさたで
力も抜けて
しおしお
やすみたいなあ
ぼくら
ポールに沿って立っているほかない　のか
地団駄ふめない
立つ魚

黄砂
花粉
排気ガス
姿はよれ
ぼくら　靡くことに反抗したことがあっただろうか
おおきな目玉
おおきな鱗
おおきな口
あの　ゆうゆう
空を泳ぐおおきな姿を見上げるのがすきだよ
言われれば
ひらり宙返りして

あしたは絶対出奔だ
突風よこい

緋鯉や真鯉の切れ切れ
あかい目玉
あおい鱗
くろい口
空いっぱい
に
浮遊する

ラクダの眸

藍いろの
筒型の
もうずうっと空っぽ
ほこりさえある
床の間の
花瓶
夜中
目が合う
さむくなったよ
筒の底

ぽつんと言うのである
カッパドキアの
ギョレメの谷の
ため息
つながれたラクダの
しわがれた
声

眼が立っている

眸
のいろ
が　思い出せない

イエスタデー・トゥデー&トゥモロー

緯度0度
正午にはまっすぐに立ち足もとを見る
影
太陽に射抜かれて
ちぢこまり
消え
浮き絵模様の
インパラよ
トムソンガゼルよ
跳ねようか

緯度0度
ヘルズゲートに落ちていく陽
あかあかと燃え
不気味な嗤い
追ってきて
引きずる影
咥む
路傍に
きのう青紫
きょうは白色
あしたまた咲く
ながい名前
の　木

ゆめみじぞう

黄いろのちょう
行きつ戻りつ
飛びちがう
のを　ながめながら
けいとうの葉ととうがらしの葉は似ている
と　思うのは
たれの主観
晩秋に何のつながりもない
ポーの『盗まれた手紙』
は単純か

デュパンは海泡石《メアシャム》のパイプで考える
〈馬鹿はみんな詩人である
　そして詩人はみんな馬鹿である〉
鍬の柄に体をあずけ
考えるほどのことではない
と　さつまいも
巨大な面相あり
すかあり
笑う
掘る
笑う
柿の木から柿を抱いて
カラス
行った
あの峠
山すその

ゆめみじぞうは
きょうも
ゆめをたべている
ゆめをみている

迷迭香《まんねんろう》

おまえはいいこ
さあおやすみ
そんなことも口にしたけれど
それはむかし
いま　静かなあつい夜
花も挿さずに置かれている
大きな花瓶の口は
不安である
いきなり
水深五千五メートル

落ちて
落ちて
ぬれない
つかめない
きりきりぐるぐる
魚たちはにんまり笑みを浮かべ　あるいは
真昼に目にした茶色い塊
木の枝にぶらさがる
伸びたり縮んだり歪んだり
ぐにゃぐにゃ
ほそながい
袋
のような一秒だって静止できない
ミツバチの分封群のなか
8の字ダンス踊る

い　ちぬ　けたぁ
するり逃げて

そうです　ローズマリーのかほり
と　いうこともあるだろう

梅雨の晴れ間

へのへの

みたようなふくをきて
みぎかたがさがっている
あれはへのへの
そのふくはやめて
まえのめりになって
やじろべえ
のどがかわく
からすがあたまにとまる

いやだとはっきりいっておくれ
たちんぼうはいやだ
みせものはいやだ
おおごえでいっておくれ
かえるがふきあがる
すずめがとびちる

おもいあがり

おおよし　などと
もっともらしく
ひとまわり
たしかめているのです
なすやとまとやとうもろこし
夏のやさいの根づき

見ればば見るほど調子がいいのです
この陽気
おさまってはいられない

あるく先々

ところかまわず
みどりらしいもの
かおかおかお
ひと雨くれば　ぼうぼう
ひと雨こなくても　ぼうぼう
土の中
土の神さま

大忙し

ぼうぼうはキライ
ぼうぼう畑はキライ
すいかもめろんも隠れてしまう
せめて　ほら
みどりのかおが
ちらりちらり
それでちょうど仲好しなのだが

梅雨の晴れ間の

あさ十時
ハチになる
チョウになる

雄花を
雌花に
くすぐった
四十五日の食べる算段

このすいか
七夕には取れるかな

ひばり

よく鳴く。
よく鳴いて
前も後ろも
空も地面も

お茶でも一杯持って行ってやりたいが
も少し
ゆっくり鳴いてくれないかしら
わたしの都合
おまえの都合

せつぶんそう

やまからみつけてきたんだってね
小さな白いはなだってね
とても可愛いはなだってね

多肉質の根っこは横ばいの聞き耳をひろげている

ひとさしゆび指すそのあたりへ
ばらまくだけで生えてくるのか

節分は過ぎる

空にぴーひょろろ　鳴く
春めいた日
落ち葉のなか
落ち葉顔して生えている

いちばんのもの知り　翁《おう》よ
あのひとさしゆびの先
ゆきわりいちげ
咲き

繋がる

田の神さまはお気の毒

幟旗が
賑やかしい
はたはたはた
はたはたはたはた
剣菱白鹿菊正宗
山田錦の郷
旗　酔っぱらう
田の神さまはお気の毒
さのぼりはない
ああ　終った

風を映す水田
の鏡
ほっ
とながめる
飛んできてギザギザ割く
鴉
なにを見つける
殿様蛙
土蛙
雨蛙
？
よたよた
そのおかしい歩き方

＊さのぼり……宴。もとは田植えが終ったあとの田の神を送る儀礼とか

魔法《まほう》の液体《えきたい》

著者
山口洋子《やまぐちようこ》
発行者
小田久郎
発行所
株式会社思潮社
〒一六二―〇八四二　東京都新宿区市谷砂土原町三―十五
電話〇三（三二六七）八一五三（営業）・八一四一（編集）
FAX〇三（三二六七）八一四二
印刷所
三報社印刷株式会社
製本所
小高製本工業株式会社
発行日
二〇一三年二月二十八日